KB129566

황혼의 민낯

황혼의 민낯

류근조 시집

문학수첩

| 시인의 말 |

포스트잇!

평생을 잡은 손 놓치지 않고 해로偕老해 온 잉꼬부부라 해도 이승을 떠나는 어느 순간엔 그 잡은 한쪽 손 놓을 수밖에— 삶의 이치가 그러하거늘 이게 곧 누구나 이승의 끝을 보는 일임을 어찌 모르랴.

흔히 사람들은 남의 얘기처럼 일찌감치 모든 것 내려놓고 그간 두 손으로 모은 모든 것 버리라고들 충고하지만 이제야 생업으로부터 자유로운 상태에서 전문 분야 연심硏尋 점점 깊이를 더해 즐거움으로 환치換置되려 하는 즈음인데 시詩 쓰는 일이 그러하듯 아무려나 해 오던 이 일을 중도에 멈출 수야 있나.

내 좁은 소견으로 말한다 해도 우주의 원리와 자연 섭리를 전제로 할 경우 현대 문명 아래의 모든 과학 연구의 본질은 무엇인가 인간이 사용하려는 도구 개념으로 치부할 수밖에 없지 않은가. 그래서 결국 이대로 항진亢進하다가는 어느 순간 이 길이 극에 달했을 때 진자振子 운동처럼 그 균형축이 한쪽으로 기울 수밖에 없지 않겠는가. 그간 한평생 시를 쓰면서 미흡하게나마 우주의 원리와 자연의 섭리를 전제로 학문과 문학과 인생의 관계망 속에서 부심腐心하며 주력해 온 내가 아니었나. 이른바 나만의 글쓰기를 위해 자료마다 다닥다닥 포스트잇 붙여 가며 나만의 축적된 경험 속에서 그 길을 찾아서 계속 다음 여행자에게 최소한 내 행적 어딘가에도 다시 그 포스트잇을 붙이게 하려고…….

아직 내 숨 쉬는 동안 이 일을 수행하기 위해 오늘도 이 도심의 빌딩 숲 속 지금 나는 문명의 수렁 위에 수중 가옥처럼 떠 있네. 나만의 전용 공간 창조의 아슬아슬한 이 누각에서 더 넓은 학문의 바다를 향해 출항을 서두르면서.

그래서 오늘 나는 이제까지 고민하던 종명終命의 장소조차도 마음 편히 그간 내 경험적 변용을 위해 자주 밑줄을 긋고 포스트잇을 붙이던, 서권書卷 기氣 맡으며 이따금 끼니조차 잊고 한세월 키보드 두드리며 미흡하게나마 나만의 글쓰기에 골몰하던, 내 생애의 소실점消失点으로서의…….

A.D. 2018년 새봄

차례

2부

3부

4부

1부

평원平原에서

노을을 등지고
풀섶에 앉아 보다

이젠
어쩔 수 없이
사랑한다는
따뜻한 말을
네게 줘야겠다

의연한 결심인가
오늘따라
눈시울에 어리는
네 눈물이 마냥 고웁다.

꽃씨를 받다

구름 한 점 없고 잔풍한
어느 가을 해질녘
모처럼 아내와 함께한 산행 후 하산길
우연히 산사 경내에 들다
문득 눈에 띈 빨간 칸나 한 무더기 옆
먼저 시들어 고개 숙인 코스모스 몇 송이
행여 놓칠세라
마른 꽃대 위 꽃술 손으로 비벼
정성스레 꽃씨를 받다

아직도 귓가에 아련한
궂은 지난 한철 천둥 번개 다 견디고
파란 하늘 아래 손사래 치며 하늘거리던
그 자태 어디 가고
마음의 문마저 안으로 걸어 잠근 채

멍멍해진 구중궁궐 안으로 잠적한 이여

어찌해야 다시 소식 들으려는가
내 실날같은 희망 안으로 여며
행여 놓칠세라
정성스레 꽃씨를 받다.

가을 문서文書

남한강과 북한강이 합수되는
두물머리 팔당 상수원
다람쥐 강마을에서 목격한
한국의 늦가을은
눈부시게 아름다웠다

그 쇄락灑落함이
정수리를 타고 내려와
전신으로 스며들어
출렁이던 물결도
출렁이던 세월도
마침내 까―만 한 점의
소실점消失点으로
수렴되어 굳어지는 순간

서초동瑞草洞 비둘기

이른 아침 산책길 아파트
간이 운동기구 옆 멍석만 한 좁은 공간에
누군가 뿌려 준 모이를 먹느라
내려앉아 파닥거리거나 이따금
날아오르기도 하는 비둘기 떼를
그간 무심히 지나치던 나는,
요 며칠 동안 그들에게 모이를 주면서
이전에 미처 몰랐던 그들의
살아가는 모습을 목격하고
새삼 놀랐다.

얼핏 베란다에 앉아 미동도 않은 채
쉬고 있는 듯이 보이지만 그들에겐
보초병과 우두머리와 선발대가 따로 있어
먹이에 접근하는 데에 나름 수칙이

엄존하고 있었으니 어느 누가 이들을
적자생존의 대오에서 밀려난
미물이라고만 업신여길 것인가.

옛날엔 인간이 마련해 준 네모난
나무통 집을 제집으로 알고 드나들며
이웃 인간과 사이좋게 살던 시절도 있었던
새……

(시인 김광섭은 시 〈성북동 비둘기〉에서
도시 개발에 밀려 산에 새로운 번지가
생기면서 집을 잃은 비둘기를 산과 사람과
사랑과 평화의 사상까지 잃게 되었다고
노래하고 있다)

이제 도심에 들어선 아파트 남향 베란다에

간신히 기대 살며 언제 주거 부정자란

낙인찍혀 사나워진 인심에

쫓기어날지도 모르는,

전처럼 구·구·구 부르던 노래도 잊은 채

숨죽여 생존을 이어 가는 것이

이들의 현주소라는 사실조차 알아채지 못하고

예부터 인간과 더불어 살며

'사랑과 평화를 노래하던 새'라는 것조차 망각한 채

오랜 세월 같은 울안에서 무심한 이웃으로 지내 온

녹슬어 무디어진 내 자신의 모습이 새삼

부끄럽다.

깊고 깊은 슬픔에 대하여

이제 고립감 속 나는 언어로 지은 집에서밖에 살 수 없나 봐

어쩌다 행동으로 길을 잘못 열면 갈 곳 몰라 헤매기 다반사니 이제 나는 당겨진 화살처럼 생애의 한가운데 과녁을 향하여 전신으로 날아갈 수밖에 없나 봐

온갖 생의 빛깔들이 나비처럼 현란한 몸짓을 하며 나를 향해 달라붙는다 해도 피아니스트나 바이올리니스트가 건반과 현의 음률로밖에 그들 생애의 한가운데를 관통하여 그들 삶의 뿌리 환희의 절정에 도달할 수 없듯이

나는 또 내 삶의 지향적 언어를 통해서만 내 존재의 깊은 인식에 다다를 수 있을 것이므로

고생을 자청해 꿀벌과 같이 모은 생의 의미와 감미를 언

어의 음률에 실어 슬프지만 내 생애의 깊은 인식과 그로 말미암은 환희의 절정에 겨우 다가갈 수 있을지 모르므로-.

의혹

고교 시절 같은 문예반 친구였던
시인 정鄭 양洋이 최근
《헛디디며 헛짚으며》란 시집을 냈다

이 시집 속엔 〈이게 나라냐〉란 시와
〈너도 사람이냐〉란 시가 들어 있다

그리고
상금이 무려 억億의 절반에 이르는
일평생 시를 쓰고도 감히
상상이 안 되는 원고료를 후불後佛로 받았다?

그렇다면 오랜 세월의 격랑 속 시인으로서
결코 헛짚어 산 게 아니라는 게
입증이 된 셈인데……

왜 그런지 일간지 그 소식란 기사를 보는 순간
플러그 아웃 직후의 모니터의 잔상殘像같이
잠시 내 뇌리를 스쳐 가는,

유난히 수척해 눈자위가 들어간 그의
외롭고 허전한 뒷모습 그 위에 오버 · 랩되어
잎 진 가로 위 저음低音으로 깔리는
귀에 익은 그의 육성肉聲

"근조야! 너도 시인이냐?"
"당장 지금 아니라도 국가나 민족이 위기나
비운에 처했을 때 스스로의 목숨을 껴안듯
그 미래를 열고 예언할 수 있는 선구자로서의
시인의 사명을 다할 수 있겠느냐?"

인간 다람쥐

겨우 10여 평 남짓 남향의 집필실 한 칸
강남 교보 북숍 가까운 뒷골목에 마련해 놓고
어쩌다 먼 산 바래기 하며 공치는
그런 경우를 제외하고는 하루도 몇 번씩
다람쥐처럼 들락거리며 읽을거리 생의 먹을거리 찾아
그야말로 다람쥐 쳇바퀴 도는 생활
이어 오기 은퇴 후 어언 10년이라니
허 참!

이 인간 다람쥐에게도 가끔 먹이 외에
생활비품으로써 검불 같은 보료도 필요했던가
이따금 상가 "다이소" 행을 자청하기도 하지

하지만 어떤 경우엔 도심의 특성상
자주 옮겨 다니는 이 "다이소"라는

구멍가게 공간 명칭이 즉시 떠오르지 않아
난처할 때가 많아

이런 검불 모으기 또한 생의 계절과
계절을 이어 주기에 엄숙하기 이를 데 없는
징검다리 사업의 일환이라고
할 수 있거늘

요행스럽게도 최근 나름 그 대안으로
"뭐든지 다 있소" 축약 의미소로 이 상가 도메인을
기억 속 불변의 메모리칩으로 심는 데
성공한 거라

이 21세기 미증유 혹독한 빙하기에
지구상에 실존한 호모 사피엔스에서

그간 서서히 인간 다람쥐로 변신 중인

나는요.

오늘의 법정
-고독사孤獨死

오늘 아침 조간신문을 보고서 나는 비로소 그간 막연히 강 건너 남의 일로만 알고 있던 여러 사회적 요인과 맞물려 발생하는 고독사의 실체와 이와 관련된 유물정리업과 같은 사업이 특수特需(?)를 누리고 있다는 사실을 실감할 수 있었다 그리고 삶의 여러 가지 마지막 흔적으로서 죽음의 여러 형태에 관하여 깊이 생각해 볼 수 있는 계기도 갖게 되었다

그리고 이와 관련 얼른 머리에 가족의 두 가지 기억을 떠올려 본다 그 하나는 80순의 나이에 어느 날 들에 나가 농사일을 거들던 조모님께서 앓아누우셔 쾌차快差를 위해 누이동생이 끓여 드린 미음까지 거부, 이제 갈 때가 되었다 하시면서 누운 그 자리에서 시름시름 신음呻吟하시다가 스스로의 의지대로 세상을 하직하시던 모습이고,

또 하나는 거의 같은 연세에 병원 진찰 후 회복 불가능의 중병을 확인하신 후 일 년 넘게 진통을 이겨내시다가 며느

리 새벽 부엌일을 돕던 어느 날 방에 드신 후 밖에 나간 막내 동생을 불러들인 후 미리 당신께서 마련해 두신 수의壽衣를 꺼내 입으신 후 그 품 안에서 타계他界하시던 모습이다

물론 이런 의지적 결정사決定死와 위의 고독사 외에도 죽음의 여러 형태로서 능히 조금 수구려 비껴갈 수 있음에도 명예나 자존심 때문에 결행한 죽음의 형태나 존엄사尊嚴死 같은 경우가 있을 수 있다

하지만 이 모든 죽음을 하나로 묶어 요약하면 단지 죽음은 주검으로 가는 불가항력적 자연의 섭리와 우주의 이법에 불과하다

그렇다 해도 여기서 고독사만을 유독 문제 삼아 법정에 내세운 이유는 위의 다른 여러 죽음과 달리 생의 존엄과는

관계없는 비의지적 비선택적 출구를 가로막는 산 자들의 무관심과 보이지 않는 공동 책임과 유관하다고 하는 관점에서라고 할 수 있다.

청문회 계절

내 고장 칠월은
청문회가 익어 가는 계절
국민의 눈높이에서 보아도
각료후보들이 많은 의혹들을
줄줄이 매달고 나와 앉아
야당의 호된 지적에도
시간을 방패로 어지간히
잘 견디고 있다

하지만 오래전 공직에서 물러난
나 같은 은퇴자에게도 비공개로
상시 열리는 청문회가 있다
업보라 할까 지금까지 살아온
삶에 대한 준엄한 청문회……

아니, 일찍이 저 각료후보들 나이에
나도 통과 의례식 청문회에
나가 본 경험이 있다
각료가 되기 위해 거치는
청문회만 청문회가 아니다

지금은 머지않아 다가올 이승과의
결별을 앞두고 누가 시키지 않아도
멈추려야 멈출 수 없는,
스스로 살아온 숙연한 자세로
삶의 청문회장에 나와,
가끔은 즐거웠던 추억도 떠올리며
자신을 돌아보는 청문회를 하고 있지만……

생명 기상도氣象圖

요즈음
70고개 중턱을 넘어서면서
꿈속에서 자주 고향 가는
길을 잃고 헤매는 때가 많다

심호흡 되찾아 그래도 아직은
이승에 살아 있음을 몸으로
실감할 때가 많다

벌써 고향 선산 선친 묘역에
자신의 유택幽宅까지 마련해
미리서 생사의 거리를 측량하고
재단裁斷까지 마친 친구여

겉으론 내색하지 않은 채

여유를 보이지만
사실은 그대 역시 작고한
선친의 자식이었을 때 이미
이 불편한 진실을 체득하고
있었던 건 아닌가

아니,
지금 내 자식이 생존해 있는
나를 위한답시고 생명보험의
설계를 드러내 놓고 운위云謂함이
또한 당연한 자식의 도리라
말할 수 없는 것처럼 말일세.

민낯

1.

꿈에 나는 다른 수험생들과 함께

고사장에 앉아 있었다 드르륵

고사장 문이 열리고 시험관이 들어오자

모두 두 눈 감고 양손을 뒤로하라는 지시에

숨을 죽인 채였다.

그런데 유독 나만 참지 못해 손을 번쩍

치켜 올린 채 그만 퇴장 명령 떨어지기

일보 직전의 서슴없는 돌출 행동까지

(감독관님! 이거 아무래도 입실을 잘못했나 봐요?

저희들 시절엔 원하는 소신 학교 지원제였거든요

제 나이가 지금 몇인데요)

수능 시험장인지 대입 본고사장인지 구분도 안 되는
그런 미분화 의식 불고지 상태로
영문도 모른 채 엎드려…… 그러나 정작
내가 답안지에 남긴 내용은 잡다한 키워드,
아니면 단어의 나열들로 이 의식의 조각들은 마치
돌풍에 말려 오르는 낙엽들처럼
계속 불길한 예감의 안개 속을 떠다니고 있었다.

2.

임시정부 · 815해방 · 김 구 · 박헌영 · 여운형 · 이승만 · 안두희 · 625 · 남로당 · 괴뢰 · 빨치산 · 피난 · 한강다리폭파 · 928수복 · 419의거 · 516 · 문세광 · 518 · 유신헌법 · 개헌 · 경무대 · 판문점 · 녹슨철조망 · 이산가족 · 도라전망대 · 비무장지대 · 김신조 · KAL기 폭파 · 아웅산참사 · 해금조치 · 월북문인 ·

납북문인 · 일본군위안부 · 독도 · 시랜드 · 세월호 등등의 수많은 의식의 조각들이 한 떼의 새무리처럼 바람을 가르며 어지럽게 공중을 선회하고 있었다.

3.

이런 것들이 내 뇌리에 각인된 채 칩으로 심어져
요지부동으로 만든 그 원인 규명까지는 어디서부터
그 실마리를 풀어야 할지 아예 엄두조차 낼 수 없어
만일 이 모두를 몽타주나 콜라주 기법으로 화가의
크레파스 화폭 안에 담는다면
어떤 모양의 추상화가 될지 궁금하다.

아니, 유심히 들여다보면 이미 내 삶의 이력서
내 얼굴에 린넨 폭처럼 총체적인 무늬로 교직되어 있어

밝은 눈으로는 선명하게 보이는 퍼즐이다.

어쩌면 그 희소성과 비극성으로 친다면
불후의 명작과는 거리가 먼 지옥의 불쏘시개
아니, 이 회화는 참혹하다 못해
그냥 핏빛으로만 눈앞에 어른거리는
우리 스스로 그린
나와 내 조국과 민족의 슬픈 민낯이다.

어떤 방법으로도 지울 수 없고 부정할 수도 없는
그런 부끄럽지만 함부로 훼손할 수조차 없는
그런 얼룩의 민낯이다.

2부

이별 연습

어쩌다
이별의 고통이
사랑할 때 기쁨의 곱절이 되어
절망의 검은 망토를 걸치고
나를 노크할 때
나는 허공에서 팔랑개비처럼
빙빙 지향 없이 돌기만 한다

낙하지점조차 몰라
제자리를 맴도는
공중의 헬리콥터처럼
마땅히 추락할 지점조차 찾지 못해
나는 스스로 백척간두의 나무로 서서
온갖 풍상우로를 견디는
수도자가 된다.

쑥
–춘궁기

쑥국 쑥국 먼 산에
쑥국새 울고
풀죽에 허기진 유년은
먼발치 언덕배기에
무더기로 돋아난
어매가 뜯어다 솥에 끓인
밥알 떠다니던 멀건 쑥국으로
배를 채우기도 했지

어지럼증 같은 포만감으로
순명의 빈궁을 경험하기도 했지

그래서일까
끓여 찻물로 마시려고
달포 전 재래시장에서 구입해

말려 포대에 넣어 둔

쑥 냄새가 어찌 그리

영약처럼 향기롭고 편안한가.

마음 여행

아주 이른 내 나이 50대 초반이었던가
나는 일찍이 〈마음 고쳐먹기〉라는 시를
쓴 적이 있네

좋은 쪽으로 마음을 고쳐먹어야 하는데
그 일이 어려워 안절부절못한다는 그런
내용의 시였지

그 일이 그렇게 어려웠던가 하지만 지금
70대 중반에 들어 생각해 보니
그보다 더 힘든 일이 '마음 여행'이 아닌가 하는
생각을 하게 되네

인생은 예측할 수 없는 여행이라고 그래서
인간을 과객過客이라고 한다지만 지금에 와 생각해 보니

정작 더 어렵고도 중요한 것은
인간이 스스로 앞질러 앞으로 나아가거나
자신이 지금 서 있던 자리에서 길을 떠나는 일만이 아닌,
곧 마음을 여행하는 일이 아닐까 하는
확신을 가지게 되네

너와 나, 그리고 무늬가 다른 숱한 사람들과
관계를 맺으며 가장 많이 시간을 보내고
다른 사람의 마음을 시도 때도 없이 들락거리면서
신경을 쓰고 마음을 쓰고 울고불고 웃고 하는 일이 아닐까
그렇게 생각이 들기 때문이네.

뒷모습
–살아가는 힘

이른 아침 아파트 테니스장 철조망 한 칸 사이를 두고 한 묘령의 젊은 여성이 경쾌한 리듬 체조며 알맞은 속도로 계속해 줄넘기를 했지 그래서 어떤 여성일까 앞모습이 궁금해진 나는 조금은 민망스러워 옆 사람 눈치를 보면서까지 한참 동안을 기다렸지만 그 여성은 끝내 한결같은 그 포즈를 유지하며 돌아서는 기회를 주지 않아 그냥 단념하고 돌아서 왔지

남이야 무엇을 하든 무슨 상관인가
흔히 사람들은 그렇게 말하지…… 나 역시 뒤돌아보지 않고 오길 잘했다 싶은 건 끝내 그 여인의 앞모습을 보지 못해 그 여인의 아름다움을 마음속 깊은 은유로 남길 수 있었기 때문이었지

사람들아! 혹시 궁금해 참기 어렵더라도 젊은 날 철없이 만났다 헤어진 첫사랑 그 사람이 그립다고 함부로 만나지 말

아라! 함부로 만나 지금껏 추억의 힘으로 삶을 지탱해 준 그 소중한 인연을 잃지는 말아라! 그래서 살아가는 힘을 몽땅 잃는 일은 결코 없도록 하라!

이 말은 80이 가까워진 나이에 이제야 겨우 이전에 미처 깨닫지 못한 경륜이 깨우쳐 준 지혜랍시고 내 비로소 내가 내게 타이르는 말이기도 하지.

기억 속 풍경
–내 유년의 삶터

시냇가 돌 틈 사이에 숨어 있던
부지런한 어둠이 흐르는 물소리에 깨어
기지개를 켜는 여명의 시간

도랑을 성큼성큼 건너며 막힌 물꼬 트며
삽질하기에 바쁜 흰 두건 쓴
박꽃처럼 소박했던 베잠방이 차림의,
우리 집 사랑채 식객으로 머물며
일손을 돕던 주서방 머슴 아저씨

이제는 어디에서도
찾아볼 수 없어

"깐깐 5월
6월 미끈

어정 7월
8월 신선" 속담 속에나
그리운 잔상殘像으로만 남아 있나

"농사천하지대본農事天下之大本"의 휘장 아래
휘모리 꽹과리 장단에 농악무農樂舞까지 어울려
신명나게 공동체 삶이 돌아가던
고단했지만 행복했던 내 유년의 기억 속
고향 농촌 마을 건강하고 생생한 삶으로 남은
똘레랑스여!

사랑 복습

–이런 감정

소학교 때 예쁜 여선생님께서 무슨 문제인가
질문을 던져 놓고선 저요! 저요! 지목받기를 원해
손을 든 여러 사람 중에 꼭 집어 나를 지명해
처음 부끄러움 대신 사랑을 느꼈던
마냥 철딱서니 없고 당돌한 순결함처럼…….

조금 더 자라 소년 시절 난생처음 김래성 원작
흑백 영화 《쌍무지개 뜨는 언덕》을 단체 관람한 후
오랫동안 그 감동으로 전율하던 나…….
오늘은 인파가 붐비는 서울의 도심 속
내가 좋아하는 사람을 어쩌다가 조우遭遇하게 된
'빛나는 우연' 앞에 연륜도 잊은 채
또 한 번 부끄러움도 모르고 미녀를 마음에 품던
'노틀담의 곱추'가 되네

아니 주인집 마님을 흠모하던 소설 속
'벙어리 삼룡이'가 되네

꿈과 현실 사이
아니 쾌락원칙과 현실원칙 사이
실제 깊이 잠든 꿈속에서조차
내가 내 영혼을 담보로 말한 '꿈'의
의미를 에둘러 '작은 꿈'이라고
억양법까지 구사하던 그녀의
발랄하고 환한 미소를 영 잊을 수 없어
속으로 끙끙 신열을 앓네.

외출

뭐 기념할 만한 특별한 일도 없는데
모처럼 우리 부부 외출하기에 의기투합
갑자기 아마존 전사라도 된 양
구형 털털이차도 주차장에 놔두고
의연한 표정으로
스산한 가로 동 동 동 떠다니는
노오란 조락과 마주했다.

여름 내내
매연 속 가지 끝에 간신히 매달려
신음하던 초록과 때 묻은 일상과의
마지막 결별을 위하여
이 가을의 끝자락
도심 속 붐비는 지하철 손잡이에 매달렸다.

아내의 제의로 처음 가 보는
행선지 백화점 쇼핑몰이 있는 전철역까지
고작 10여 분 거리를
차가 멈출 때마다 두리번거리며
혹시 뭐 잘못된 것은 없나
눈 내리는 저녁 먼 길을 가던
시인 프로스트의 말馬이 그랬던 것*처럼……

그런데, 아뿔싸!
평소 도보를 전공하던 아내완 달리
난 자꾸 빈자리에 눈이 갔다.

* 미국의 계관시인 로버트 프로스트의 시 〈눈 내리는 저녁 숲가에 서서〉 중 가야 할 길이 있어 만물이 다 잠든 밤에도 잠들지 못하고 길을 나선 주인을 의아해하며 방울을 한 번 흔들어 본다는 의미를 인용함.

시간의 수레바퀴 아래서

부가 탄 시간의 수레가
언제부턴가 낯선 이들의 귀촌마을이 된
옛 고향마을 가까이에 당도하려 할 무렵

별안간 바퀴가 심하게 기우뚱거려
즉시 탈선 사고임을 직감했었지

어인 일인가
온갖 풍상우로風霜雨露에도
평생을 함께해 와 건강한 줄만 알고
의지해 왔던,

아내가 1미터 거리도 안 되는
장지문 미닫이 하나 사이를 두고
얼마나 급했으면 겨우 구급 청심환

한 알 간신히 찾아 입 안에 넣고
숨넘어가기 직전 물! 물! 절규에 가까운 소리로
생의 한가운데 가장 캄캄한 곳으로부터
SOS를 내게 타전하고 있었네

단테의《신곡神曲》지옥편에 출현하는
루지훼의 고통에나 비할까

하지만 다행히 생명의 혼선이 불발돼
하차下車만은 유예되고 혹독한 성찰의 시간을 거쳐
더욱 튼튼한 부부의 연緣으로
다시 묶어 거듭 새롭게 태어난
신神이 특별히 허락해 준 시간인가

손님

–1219호 소저小姐에게

"내 고장 7월은/청포도가 익어 가는 시절/

이 마을 전설이 주저리주저리 열리고

…………중략…………

내가 바라는 손님은 고달픈 몸으로

청포青袍를 입고 찾아온다고 했으니"

위는 이육사李陸史의 그 유명한 〈청포도〉란

시의 한 구절,

그리고 아래는

예의 이육사 시인이 젊은 시절 조국의 독립을 위해

목숨 걸고 혈혈단신 북방설원을 헤매던 시절의

그 결곡한 체험을 담아 쓴 유작 시 〈절정絶頂〉이란

시의 한 구절,

"매운 계절의 채찍에 갈겨/마침내 북방으로 휩쓸려 오다//하늘도 그만 지쳐 끝난 고원/서릿발 칼날 진 그 위에 서다"

그런데 새해 벽두 올 들어 가장 추운 어느 날
혹한에도 아랑곳없이
내 사무실 열려진 문틈 사이로 홀연히
귀한 제주산 한라봉 가득 담긴 바구닐 안고
기척도 없이 한 예쁜 소저 내 앞에 나타났네.

하오니, 나 또
그 옛날 예의 육사가 마음속으로 그리 했던 것처럼
이 귀한 손님을 맞아들여 청포도 대신
노랗게 잘 익은 이 과일을 기쁘고 설레는 마음으로
벗기다가 두 손을 함빡 적셔도 좋을까.

아니, 나는 이미 그런 쇄락한 행복감에 젖어
어쩔 줄 몰라 하네.

마른 꽃 수풀 향기

봄과 여름 사이

한국에선 유독 챙겨야 할 날들이
집중적으로 몰리어 있는
소위 duty monthly 기간

축하받는 쪽조차 지겨워할 즈음
균형자를 자처하고 ***법까지 등장하여
모두가 서로 신경 쓰지 않아 그만큼 자유로워
좋다지만,

"그렇다고 전화 인사도 못하나?"

관성에서 자유롭지 못한 스승의 날
스승의 자격도 제대로 못 갖춘 스승들만(?)이

지닐지도 모를 서운함은 곧
인지상정人之常情이라고……?

그런데
때맞춰 그 시간대에
현관문이 열리며 꽃바구니 택배가 들어와
이 무슨 배달 사고?

오래 잊고 지낸 제자가 친
스승의 날 꽃바구니 배달 사고!

은회색 은박지에 돌돌 말아 간편하게 만든
한 송이 카네이션 꽃도 아닌
한 아름 푸른 수풀에 에워싸인
붉은 장미꽃 바구니!

분수에 넘치기에 오히려 치우지 못해
이내 시들어 변치 않을 기억 속에
오래 소중한 꽃 수풀 향기로 남을 배달 사고!

내 인생의 늦가을과 겨울 사이.

길일吉日

이 병원 저 병원 전전하며
천 길 낭떠러지 절벽 눈 감고
삶의 외줄타기를 하던 여식女息에게서
은총이란 이런 것인가
마지막 소망 작은 불씨 하나 껴안고
퇴원한 지 달포도 채 안 돼서
어느 날 예기치 않던 전화가 걸려 왔다

"회복 운동 차 어쩌다 아빠 사무실 근처까지
오게 됐어요!"

얼마 전까지 고통스러워
세상과 하직할 궁리 끝에
옥상 난간에서 뛰어내릴 결심까지
주저하지 않던 무망無望의 환자였기에

그간 함께한 공포와 두려움과 연민의 시간이
환희와 감격의 눈물로 바뀌던 그 순간을
난 결코 잊을 수 없다.

3부

소식
–한라봉

입춘절 전후 불시에
귀한 손님 한 분!
서귀포의 햇빛과 바람 속에
남국적 풍광 바다 내음까지
통째로 싣고 와,

소슬 쇄락한 느낌과 직핍直逼한
이 순간 이 자체를 오랜만에
내 디오니소스적 감수성이
모처럼 찾아낸 삶의 단순한
건강함이라고 해야 하나?

아니면 그 안에 영원으로
자리하고픈 풋풋한
염원이라고나 해야 하나?

이별의 노래

1.

너는 내 운명의 고르지 못한 날씨인가

오랜 고락의 시간 같이해 와 특별한 너에 대한 나의 믿음이 내 스스로의 삶을 규제하는 그만큼 너는 나의 준엄한 종교인가 내 오늘 비로소 마음 모질게 다스려 삭발하고 먼 길을 떠나려 할 때에 네 얼굴 더욱 선명하게 떠올라 내 앞을 가리니 너는 아무래도 끊지 못할 내 운명의 사슬인가

하지만, 나 이제 잠결에 흐트러진 네 머리칼 한 가닥까지 고이 쓰다듬어 미련 없이 파아란 달빛 강물에 흘려보내노라 다시는 마주하지 말자 너로 인해 생긴 내 마음의 상처, 번뇌의 이삭 하나까지 모두 한곳 모닥불에 얹어 태워서 바람에 날려 보내노라

2.

나는 한 번도 네 입술에 입 대인 적 없고 네 그 하이얀 손 가는 허리에도 손대인 적 없어라 네 몸 은밀한 곳에 돋아난 체모, 심지어 열 오른 네 자궁안 한 방울 애액愛液에 이르기까지 난 한 번도 만지거나 느껴 본 적조차 없어라

뿐이랴, 내 이제 네 이름도 네 음성도 기억하지 못하노라

그리하여 내 더할 수 없이 가벼운 마음 되어 적료의 달빛 아래 홀로 가사 자락 나부끼며 물길 따라 흘러 흘러가나니 이승과 꿈길 사이 내가 맨 처음 너를 만났던 그 순수의 풀밭으로 모든 번뇌의 무거운 짐 벗어버리고 한 마리 나비처럼 표표히 나부끼며 가나니

마침내 나는 네 안의 깊은 곳에 스며들어 숨고 너는 내 안에 누구도 모르게 꼭꼭 숨어들어 자웅 양성 한 몸에 사

는 일심동체 되었는가 시방 대명천지에 자비로이 비는 내리고 산에는 꽃들 여기저기 무시로 난만히 피어나니 이에 뒤질세라 새들의 울음소리 또한 산골짜기 가득 은혜로워 서…….

너

누구나 사람은 태어나 언젠가는 죽기 마련
그렇다고 현재 살아 있다 하여 모든 사람이
사는 것은 아니리

마음의 현絃을 건드리는 간절함 하나
어느 한순간 소스라칠 만큼 큰 기쁨 하나
일시에 온몸의 피가 휘돌 만큼
그런 갈망 하나조차 지니지 못하고 산다면
너무 안타깝고 억울해
살아도 사는 게 아니리

지금 이 순간
그 옛날 공해 없던 내 유년의 고향 땅
교교皎皎한 달빛 아래
찬 이슬을 맞으며 초가지붕 위를 타고 넘던

하이얗게 피어나던 순박한 박꽃 같은
그간 오래전부터 네 환한 그런 미소를 보면서
네게서 우러나는 이 깊은 나의 동경과 그리움
그 아름답고 향기로운 체취를 느끼지 못한다면
온통 세상은 흑요석黑曜石처럼
빛나도 아무 소용 없는 암흑일 뿐
내 살아 있어도 굳이 살아 있다고 할 수는 없으리

"그래! 그래!" 이때

어디선가 한 줄기 청량한 바람이 불어와
적료 속을 혼자서 걷고 있는
내 어깨를 툭 치면서 건네는
빛나는 말 한마디— 그것은

"여보세요 나 여기 있지 않아요?"

비몽사몽 아닌 꿈과 현실 사이
순간과 영원 사이 환영幻影처럼
귀엔 들려도 눈엔 잘 보이지 않아
병후病後 회복기 어지럼증 같은
다가가도 다가가도 잡히지 않는
너.

신新 맹모삼천

전문직에 종사하는 맏딸 내외가
이사 후 파생하는 여러 불이익을 감수한 채
아이들 학군 때문에 이사를 했다

동일한 행정 구역 동명만 다른
같은 평수 아파트를 전세 주고
비용과 고생까지 감내하면서 다시
같은 평수 아파트에 전세로 이사를 했다

나름 현재 초·중등학교에 다니는
두 아이의 장래를 위해 마치
퍼즐 맞추기 게임 하듯 고심고심 끝에
이사를 했다

앞으로는 남들과 동일 목표를 두고

서로 경쟁하기보다는 개인의 잠재력이
우선시 될 것이므로 자기가 좋아하고
잘하는 일을 찾아 주는 것이 무엇보다도
중요하다고 만날 때마다 그렇게 강조했는데도
기어코 벼르던 이사를 감행했다

그리고 실제로 한평생 내 자신 소질을 살려
창작과 문학 연구를 동시에 병행하며 은퇴 후에도
인문학 분야에서 쉬지 않고 나름 현역으로서
자부심을 잃지 않고 소위 노블리스 오블리제를
실천하며 사명감을 가지고 현역 시절보다는
생업이라는 전제된 부담도 없이 연심研尋도 즐기며
지내고 있는 줄을 저희 내외도 인정할 텐데

당사자가 아닌 내 말이 미덥지 않아서라기보다는

부모로서 조변석개朝變夕改하는 교육제도하의
현실 상황을 고려한 숙고 끝에 이뤄진
실존적 선택인 듯 생각되어 자못 코끝이 찡했다.

스마트 파리 행

나는 오늘 욕실에서 샤워 후 면도를 하면서
왠지 모르게 시의 제목이 될 법한
'스마트 파리 행'이란 말이 떠올라
이 단문의 외연과 내연의 진폭 한가운데 갇혀
지금껏 꼼짝달싹 못하고 있다

'한쪽이 막힌 유리통 막힌 쪽에 불을 밝힌
실험 기구에 소위 IQ가 높은 꿀벌과
그에 비해 IQ가 낮은 파리를 번갈아 넣었을 경우
결국 살아 돌아간 쪽은 의외로 파리였다'는
한 임상 결과가 일견
스티브 잡스의 'stand by foolish' 경영철학과도
일맥상통한다고 생각돼서다

그렇다면 꿀벌보다 파리가 더 똑똑하다는 역설이

성립하는가

아니 그건 사실 현 사물 인터넷 시대의 흔들림 없는
불패론이기도 해

아니 직선적 경직된 사고에 대한 위험성을 은연중 경고한
메시지이기도 해

나는 내가 현재 실존하는 시공에서도
언제나 고정 관념을 버리고
내 스스로 집중과 선택의 타이밍의
디폴트 선상에 나를 세워 놓고
남은 여정을 위해 잠을 청하거나
삶의 구두끈을 맨다.

어버이날 합성 선물 몽따지

◇프롤로그

딸이 셋이나 돼 더러 딸부자 집으로 불리기도 하는 우리 가정은 가정의 달엔 가족들이 한 번쯤 모두 모이려면 서로 다른 사정이 많아 날짜 잡기가 그리 쉽지 않다.

그런데 금번엔 손자 손녀들을 위주로 잡다 보니 5월 5일에 모이기로 합의를 봐 점심때쯤 서울 근교 경관 좋은 음식점에 모여 웃고 떠들고 선물도 서로 교환하며 재밌게 혈육의 정을 나눈 뒤 교통 혼잡을 고려해 좀 일찍 각자 자기들 보금자리를 찾아 떠났다. 바로 이틀 전 일이다.

다음은 어버이날인 오늘 갓 40에 접어든 약사인 맏딸이 일하면서 제 엄마 아빠에게 보낸 문자 메시지의 내용이다.

*정말이지 아빠 엄마 두 분이 계셨기에 제가 지금 이렇게 건강하게 일하면서 좋은 세상에서 편하게 살고 있는 것

잘 알아요. 힘든 일 좋은 일 인생살이 다 지내다 보면 훗날엔 추억이 될 테니 두 분도 오늘 좋은 날씨만큼이나 행복한 하루가 되세요 엄마 아빠 사랑해요 감-사합니다.

*어찌 보면 누구나 할 수 있는 의례적인 이 말이 오늘은 코끝에 머물며 눈시울을 적시게 하는가. 나는 내 사무실에 도착하자마자 제 일 순위로 짐짓 감정을 다스리면서 다음과 같이 회신을 하였다.

*바로 요 며칠 전 귀엽고 건강하게 잘 키워 눈에 넣어도 아깝잖은 너희 자식들을 각자 데불고 와서 우리 품에 안겨 준 것만으로도 족한데 또 일과 중에도 잊지 않고 지난번 헤어질 때 아쉬웠던 마음을 담아 정리된 메시지까지 보내 줘 우리 딸이 잘 자라 이제 어른이 다 되었구나 문득 그런 생각이 들어 내심 고맙고 기뻤다. 오늘도 건강한 하루가 되거

라 사-랑한-다!

◇에필로그

그런데 지금 이 순간 왜 하필 “인생이란 가장 어렵고 아름답고 귀중하다”라고 한 에리히 프롬의 말이 먼저 떠오르는가.

우르보스의 뱀

아버지와 아들
스승과 제자
이들의 관계가
겉으론 모방 충동에서
비롯되지만
결국은 극복 대상의
심리적 관계로 볼 수도
있어 이들 서로의 관계는
자기 꼬리를 물기 위해
계속 일원상을 그리며
빙빙 돌기만 하는
운동에너지로도 볼 수 있다는,

그래서 최인훈의 소설
〈광장〉의 모태를 동리의 소설

'홍남철수'로 해석하는 이는
결국 〈광장〉의 주인공 이명준이
남쪽도 북쪽도 아닌 중립국 행을
택해 항해 도중 결국 자살하고
만다는,

어찌 보면 자식의 아비 띄우기나
제자의 스승 띄우기는 결국
상대 지우기일 수도 있다는,

이런 다소 억지스러운 주장 같기도 한
의식의 교착지향은 현재 나만의
어쩔 도리 없는 실존적 상황인가

아니면

근친상간으로 빚어진 고통과 콤플렉스를
끝내 극복하지 못해 스스로 눈알을 뽑고
황야를 방황하는 오디프스의 비극적 상황을
대상경험代償經驗—소위 기호적 경험을 통해
인간 모랄 의식의 소실점消失点으로서 만나는
모든 인간 공통의 심리학적 독법인가.

깃발

"이것은 소리 없는 아우성
저 해원海原을 향하여 흔드는
영원한 노스탤지어의 손수건"

지지난해 셋째 딸애가 5년 기한 뉴욕 주재원으로 발령을 받고 업무상 먼저 가서 기다리는 남편과의 재회를 위해 철부지 두 사내 녀석을 안고 끌며 생전 처음 미주행 출국장을 나섰다 내가 배웅하는 것조차 굳이 사양하고 혼자서 비행기 탑승장을 향해 사라졌다 직전 전화로 "아빠! 도착 후 연락할게요"라는 한마디 말만 남긴 채…… 아직 돌아오지 않고 있다.

물론 모두의 장래를 위해 잘했다는 생각이기에 보고 싶으면 양국의 시차를 고려해 화상통화로 얼굴도 보고 카톡으로 서로 소식을 나누기도 하지만 어쩐지 인터넷만으로는 그 가벼움 때문인지 실제 접촉과는 달라 항상 허전하다, 아니 허허롭다.

측근 가족들조차 그런 내막이나 이국땅에서 적응하느라 이런저런 어려움을 겪는 이 가족의 실상도 모르고 그냥 듣기 좋은 소리로 이들 미국행이 마치 한 산악 등반가가 온 생애를 걸고 목표한 산정에 처음 성공하여 깃발을 꽂았을 때처럼이나 자족하고 있는 줄로만 알고 있는 듯이 말해 그때마다 나는 심기가 불편하다.

하지만, 딸애는 딸애대로 남편이 운전석이 바뀐 그곳 자동차를 타고 뉴저지 관사에서 허드슨강을 건너 뉴욕 타임스퀘어에 자리한 회사 사무실까지, 아니 때로는 예정에 없던 업무 계획이 생겨 귀가하지 못하고 몇 개 주를 며칠에 걸쳐 순방하는 동안, 그 안위를 걱정할 틈도 없이, 또 자동

차나 카트를 몰고 학교와 슈퍼마켓을 찾아 동분서주하고 있다고 들었다.

그래 나는 이 같은 한시적 이산離散을 산악인의 정상 정복의 기쁨과는 전혀 다른, 아니 "성공은 곧 이별의 친척"의 부정적 단정마저도 넘어선 청마의 시 〈깃발〉의 노스탤지어의 시적 은유 속에 담아 최소한 혈육 간의 간절한 그리움의 의미쯤으로 환치시키려 노력하고 있다.

흰 구름

이른 여름 아침 산책길

현관을 나서 잠깐

엘리베이터 앞에서 서성이는 동안

상층 계단 위쪽 열어 놓은 창문 사이로

언뜻 보인 겹겹의 집체덩이

눈부신 구름 봉우리 하이얗고

아름다운 뭉게구름 덩어리 일찍이

헤르만 헤세가 시에서 노래한

바로 그 구름 봉우리.

"오, 보라, 흰 구름이 또/잊어버린/

아름다운 노래의/나직한 멜로디와

같이/푸른 하늘을 떠간다.

기나긴 발랑 끝에/나그네의 슬픔과

기쁨을/스스로 체험하지 못한 사람은/
저 구름을 이해하지 못하리라"

조금 전까지 더위에 지쳤던 답답함은
그 어디에……
어지럽게 벌여 놓은 세상일 모두 훌훌
털어버리고 모처럼 나도 저 헤세의 구름처럼
방랑자 되어 정처 없는 먼 길을 떠나도 되리
이제 하염없는 먼 여행길에 올라도 되리.

책冊을 위한 제례의식

내 생애에 귀한 세 권의 책 친구가 있었네
나는 이 세 친구와 맺은 인연에 힘입어 평생을
많은 시련과 파고波高 속에서도 잘 버티며
살아왔네
그래 그간 가슴에 두고도 미처 하지 못한
마음의 음식을 시의 그릇에 담아 이제라도
정성을 다해 제사祭祀를 드리려 하네
그래 목욕재계沐浴齋戒, 향촉을 밝혀 공손히 무릎 꿇고
먼저 이 세 친구 이름을 호명하여
이 한 자리에 모시려 하네

1.

이 친구는 1954년 한국 태생으로 내가 이 친구를 만난 건 고교 재학 시절 1959년 10월 9일 한글날 기념 교내 백일장 시상식 자리였지 전교생이 운동장에 모인 자리 교단

위에 계신 교장 선생께서 이 친구를 덥석 들어서 내게 안기는 바람에 하마터면 넘어질 뻔했지 이 친구의 가계는 조선어사전 간행위원회, 호적상 이름은 "국어대사전"이네

2.

이 친구 역시 1954년 한국 태생으로 민중서관이란 가계보를 통해 알고 보니 권중휘-이양하 교수 두 분 조산원(편찬자)의 힘으로 세상에 태어난 것으로 되어 있는 걸 보면 꽤 더딘 분만과 난산의 귀동자로 짐작이 가기도 하는,

그 호적상 이름은 "POCKET ENGLISH DICTIONARY"

우리 아버지께서 무슨 볼일로 외출하셨다가 술 드시고 뜬금없이 데려와 이 애가 너랑은 취향이 잘 맞을 것 같으니 앞으로 사이좋게 지내도록 해라 한 것이 이 친구랑 만난 사연의 전부네

그래서 나도 아버지 말씀대로 이 친구랑 같이 주야로 가까이 지내다 보니 친하게 되어 사실 이 친구 도움을 많이 받은 것 같아 아주 고맙게 생각하고 있지

3.

내가 이 친구를 소개받은 건 1966년경 당시 한국에 평화봉사단으로 그 복무를 위해 파견된 미국 엔지니어 출신 청년–JAFFREY B. GADDIS와 전라도 남원골 한 공립 고등학교 교사로 재직 시절 같이한 인연이 계기가 됐다고 볼 수 있지

하지만 이후 얼마 안 있어 그는 복무 기한이 끝나 귀국하게 되고 거의 같은 시기 나는 또 나대로 전주시 소재 한 학교로 발령을 받아 거의 2년여 동고동락했던 인연이 끝나게

돼 많이 아쉬워했었지

그런데 수개월 후 예기치 않게 항공 우편을 통해 그 미국 친구로부터 소개받은 또 한 친구가 있었으니 그가 바로 다음에 소개하는 아주 멋지고 귀한 친구라고 볼 수 있지

그는 1952년 뉴욕 소재 워싱턴 스퀘어에 가계(출판사)를 두고 OSCAR WILLIAMS라는 이름의 양부모(편집자)의 도움으로 세상에 태어난 불멸의 영시 'IMMORTAL POEMS'라는 이름을 가진 영국과 미국의 대표적인 시인들의 ANTHOLOGY(선집)이라고 볼 수 있지 정말 교수 재직 시절부터 지금까지 이 시인 군의 원시原詩를 통해 나는 많은 시적 영감을 받았음은 물론이고 그간 남의 말(일부 잘못된 번역본)을 통해 잘못 알고 있었던 난제들을 확인을 통해 해결할 수 있었기에 이런 훌륭한 친구를 소개해 준 이 친구의

전 친구의 깊은 배려와 우정에 대하여 새삼 감사하고 있지.

* * *

내 육체의 거푸집 속 내 영험한 나무로 서서 나와 함께 묵묵히 온갖 풍상우로風霜雨露를 견디며 지금껏 내게 삶의 단단한 결기와 축축한 꿈을 지탱하게 해 준 고마운 세 친구들이시여!

오늘은 모처럼 여기 한 자리에 모셔 내 삶의 타다 남은 기름으로 밝힌 향불 앞에 엎드려 오롯이 두 손 모아 마음의 술잔 드리오니 부디 흠향歆饗들 하시라!

4부

오늘의 법정
–공관병 갑질

모 육군대장 공관병에 대한 갑질 의혹이 사회적 물의를 일으키자 당사자는 물론 이와 관련 조사를 받기 위해 포토라인에 선 그 부인은 한꺼번에 쏟아지는 기자들 질문에 한마디로 고개를 숙인 채 "나는 장병들을 내 자식처럼 생각했다"고 답했다

일견 자식이라고 해서 화가 나서 벌을 줄 일이 없겠습니까만 아무리 그렇다 손 쳐도 애완견도 아닌 멀쩡한 자식을 전자팔찌까지 채워 노예처럼 부린 게 만약 사실이라고 한다면

장병들이 처음 국가의 부름을 받고 삭발하고 입대를 위해 연병장에 운집한, 가족들이 지켜보는 자리에서 인솔 조교가 입소 장병들에게 복무 중보다 굳은 각오를 다지는 뜻의 얼 차리기를 위한 방법으로 흔히 구사할 수도 있는 "군인은 사람이 아니다"를 왜곡하거나 자의적으로 직역한 것

은 아닐까요

상식적으로도 이해가 안 되고 또 사용使用해선 안 되는 욕설과 사용私用해선 안 되는 공익 근무 장병을 멋대로 사용한 금번 공관병에 대한 사례는 내가 논산 훈련소에서 직접 자식과 헤어지던 기억과, 그 후 고된 훈련을 마친 직후 처음 자대 배치 직전 이름 모를 깊은 산속 부대로 면회 가서 자식과 해후하며 대견해서 눈시울이 뜨겁던 그 순간의 정서와는 달라도 너무 다르네요

아니, 너무 오래 관행의 때에 가려 묻혀 있던 불편한 진실로 자식 사랑은 고사하고 국운 바로 세우기와도 너무 엇박자라서 인간 말종의 슬픈 현장을 직접 보는 것 같아 실로 가슴이 아프네요

오늘의 법정
–부부싸움

결혼 46년 차 노부부가
주말 아침 모처럼 여유로운 기분으로
수입산 갈비구이랑 채소 된장찌개 등
건강 소식素食 한상 푸짐하게 차려 놓고
마주 앉은 식탁의 대화 내용은

미리 정해진 것은 없어
그날 기상 조건에 좌우돼
언제나 각자 구사하는 억양법에 따라
의미가 다르고 미괄 부분의
결론도 다르지

하지만 무엇보다 중요한 것은
인생 주기에서 지금 우리 부부가
인생 후반에 이르렀다는

묵언의 자각 아닐까

그래서 자식들이 전하는 말까지
거의 여과 없이 전하기도 해

40줄에 앉은 최근 둘째 딸이
내 미발표 가족 소재 근작 시 읽고
메일로 보낸 소감에는

"엄마 별명은 미쎄스 냉장고
아빠 별명은 쉽게 끓는 냄비"

그래서 순식간에 대화에는
미국의 계관시인 프로스트의 유명한 시-
〈불과 얼음〉이 등장하고

아내의 유추가 일보 진전
아내의 별명의 상징성을 전제로 한
이 상호 불용제의 우위론까지 거론될 단계에 이르면
나도 이에 뒤질세라 다시 이 시의 후반부
"사람들은 세상은 불로 망한다는 사람과
얼음으로 망한다는 사람으로 나뉜다
그러나 세상이 두 번 망한다면
파괴하는 데는 얼음도
대단한 힘을 갖고 있다고 할 만큼
나(시 속의 화자)는 증오에 대해서도
충분히 알고 있다고 생각한다"는
그런 내용까지 언급하는 단계에까지 이른다.

오늘의 법정
–냉장고 손자국

폭염 경보가 발령된 어제 밤
웬만한 더위엔 전기세가 아깝고
건강상으로도 좋을 건 없을 것 같다는 판단에
에어컨 사용을 자제하던 아내였지만
더위가 도를 넘는지라 도리 없이
취침 전 한시적으로 작동하기로
마음먹었던 것인가

숨이 막혀 자정쯤 잠에서 깨어 보니
내 침실 밖으로 난 창은 닫힌 채 그대로여서
나는 아내에게 내심 창을 닫지 않은
미필적 고의를 적용하려 질책성 표정 짓기에
서슴없었음이 분명한 것을
냉장고 얼룩 만든 주범으로
나를 지목한 아내가 아침부터

냉장고 문을 열심히 닦고 있는 모습을 보고서야
알았지

나는 순간 셰익스피어의 희곡《베니스의 상인》에서
빚을 갚지 못한 채무자를 법정에 세워
계약대로 심장의 가장 가까운 데서
1파운드의 살점을 베어 내려 대드는 샤일록에게 재판관이
"단 한 방울의 피도 흘려서는 안 된다"는
주문 판결을 하게 된다는 데 착안해
식사 때면 늘 같이 여닫는 냉장고의 얼룩의 주범으로
하필 나를 지목한 근거는 과연 무엇인가
아내에게 그 반전 카드로 제시하려고 하고 있지.

응용 생활 시론詩論

요 며칠 전 아내가 미처 가스 밸브를 잠그지 않은 채 외출했다가 뒤늦게 내가 발견 잠근 것도 모르고 도중에 돌아와 기겁하기 직전 가슴을 쓸어내렸다 하기에 어디 두고 보자 자못 기대가 컸지

그런데 며칠 사이 오늘 또 어디서 삐삐 경고음이 들려와 설마 했는데 예상은 빗나가 이번에도 빈 냄비 올려놓은 채 반쯤 열어 놓은 가스 밸브가 원인이었네

그래서 나는 별안간 녹슬 듯 일상성이 우리도 모르는 무심중에 사물의 본질을 가리고 갑옷처럼 두꺼운 때垢로 파고들어 얼마나 심하게 우리 모두의 삶을 훼손毁損시키는가를 이제라도 아내에게 이해를 도울 필요성이 매우 절실하다 느꼈지

그래 며칠 전 마침 부부싸움 끝에 결혼 후론 처음 진심과 성찰을 담아 아내에게 써서 헌정獻呈한 시가 어렵다기에 "시는 사실 현실과 꿈을 씨줄과 날줄로 하여 교직된 아름다운 린넨 폭과 같은 것"이라고 말한 직후여서 겸사 겸사 교수로 재직 시 시론 강의 시간에만 수강생들의 이해를 돕기 위해 곧잘 인용하던 시치미 떼기 이론(일명 낯설게 하기 이론)을 원용할 수 있는 절호의 기회라 생각했지

시는 사물의 본질에 다가가 신선한 감동으로 읽는 이의 세계에 대한 의식을 전환하고 인간 회복을 이루는 것을 목표로 하기 때문에 사물을 설명하는 식의 안이한 방법은 구사하지 아니한다 대신 함축적인 방법으로써 일부러 이해를 지연시킨다 그것은 마치 사냥을 나갔던 매鷹를 포획하여 보호 중인 사람이 찾아온 주인에게 주인이 꼬리에 부분에 그 소유권의 근거를 위해 달아 놓은 시치미를 뗀 채 자신의 매

임을 증거 할 수 있도록 하는 일종의 잃은 자와 찾는 자 간 거쳐야 할 묵계성 절차와 같다고

하여, 갑자기 내 설명 듣고 인식을 공유한 말 잃은 아내의 숙연한 표정에 나는 매년 되풀이 강의에만 활용해 공허하게만 느껴졌던 교재용 시론을 처음 실제 생활 공간에 적용해 그 공감대를 넓혔다는 성취감에 자못 마음이 흐뭇했지.

식탁 행복론

나는 여기서 새삼 출가한 한 승려가
병약한 몸으로 절에 살며
사찰 음식에 관심을 갖다가
'모든 깨달음은 음식에서 나온다'는
자각과 인식에 이르러
지금은 부업을 본업 삼아
전 세계적 호응과 요청으로 주유周遊하다 마침내
본업과 부업을 한 삶의 한 자리
원탁에 차리는 데 성공한 한 승려
'선재'라는 법명을 가진 분의 음식 철학으로 말문을 연다

굳이 현대 문명사회의 병리적 현상의 근원을
음식을 단지 혀의 맛에 맞춘, 그래서
요즈음 늘어나는 요사와 의사 수에 비해
환자 수가 오히려 줄지 않고 늘어난다는

그분의 주장에 전적으로 동의해서만은 아니다

두엄자리를 헤집고
굼벵이를 잡아먹고 낳은 토종닭의 계란과
최음제 주사를 맞고 낮과 밤의 구분 없는
백열등 아래 밀폐된 공간에서 낳은 양계의 계란은
그 면역력과 그것이 인간의 성품에 미치는 영향력이
결코 가벼울 수는 없을 것이란
단순한 추정 때문만도 아니다

“빼앗기고 잃어버린 인간 능력과
창조적 삶을 회복하기 위해
쓸모있는 실업을 할 권리”를 주장하며
끝내 병원 치료를 거부한
20세기의 가장 진보적인 사상가 이반 일리치가

생태학적 근원적 삶에 다가가기 위해 노력한 것처럼
사실 이러한 문제에 대하여 생각해 보는 그 자체가
아직도 식습관 개선을 통해
우리가 그토록 원하는 행복에 다가갈 수 있어
어쩌면 그 가장 가까운 지름길이 될 수도 있겠다는
믿기 어려운 그 가능성에 대해
부정할 수 없는 강한 신념 때문일 뿐

오늘의 법정
–황금연휴

추석 명절을 중심으로 앞과 뒤로 이어진
10일간의 한국의 황금연휴–
폭우로 분탕질 면치 못한 농가의 수심도 뒤로한 채
어느덧 산들바람에 볕은 유순하고……,
실은 내 자신부터 이 기간 어떻게 소일해야 하나
한동안 별의별 궁리를 안 해 본 건 아니지

하지만 세상은 원래 불공평을 완전히 극복하진 못해
나름 주어진 현실 속에서 황금연휴 만들기에 누구나
최선을 다해 살고 있다고 보면 될까?

아니네
현실적 통계 수치로만 보면
소비가 내수 진작으로 이어질 것이라는
정부 당국의 예측과는 크게 빗나가 울상인

기업과 소상인과 서민들 또한 적지 않다고들 하니
이들에게 주어진 것은 도리어 '돌덩이 연휴'라는 말도
틀린 표현은 아닌 것 같네.

오늘의 법정
–전자인간

학명學名은 텔레포니쿠스 새로 생긴 전화인간
"휴대폰을 차고 도시의 빌딩숲을 헤매는/21세기형 신유목민에겐/휴대폰은 생존을 위한 병기兵器라나/공동체 사회의 안정된 의사소통이 사라진/세상과의 접촉과 관계유지를 유지를 위한 유일한 수단이라나"

내가 10여 년 전 위의 졸시 〈전화인간〉을 발표한 것이 바로 엊그제 같은데……

그러나 곧이어 등장한 접속을 통한 신인류 전자인간들의 세계에 오면 "나는 클릭한다/고로 존재한다"는 전자사막으로 이어지는 이원李元의 시가 있다 그는 "추억은 홈페이지에 저장돼 있고 인터넷 검색 엔진에서 '나'를 치면 거기 무수한 사이트 속 어디에도 나는 있고 나는 어디에도 없다"고 하는 인식을 벗어날 수가 없어 혼란스러워한다

이런 디지털시대의 시들 중에는 또 다른 정한용의 〈바그다드〉라는 작품도 있어 기술적으로 현실 공간과 연결돼 지상에 있는 인간의 생사여탈권을 쥔 조종사가 아무런 죄책감도 없이 스크린을 보고 버튼을 누르며 살육의 주체가 아닌 전쟁을 구경꾼으로서 게임처럼 즐기는 것과 같은 끔찍한 가치관의 상실로 이어짐을 보여 주기도 한다

하지만 디지털 시대 전자인간의 비극적 인식과 혼란은 여기서 끝나지 않음을 허만형의 사이버 펑크 소설《사이버 베아트리체》(현실적 사랑에 실패한 천재 컴퓨터 프로그래머가 가상 현실과 인간 두뇌를 결합해서 창조해 낸 이상적인 여인)에서 확인할 수 있어 더욱 경악스럽고도 혼란스럽다고나 할까

분명 사이버 세계의 환상과 인간 소외를 주제로 한 과학 소설인 이 작품이 있었기에……

만일 이대로 간다면 우리 모두 '가상의 소리'와 '가상의 느낌'과 가상의 영혼'까지 다가오는 듯 극도의 심리적 혼동 상태에 빠지게 되고 앞의 소설 속 주인공처럼 정신 병원 행을 하거나 마침내 통제 불능의 현실 사회 구성원임을 거부하는 사태에까지 발발하는 것은 아닐까?

아니, 영화 《X-파일》에서처럼 격렬하게 싸우다 벗겨진 피부에선 뼈 대신 금속기계장치가 드러나고 거기서 붉은 피 대신 잉크색 피가 흘러 그 피에선 피의 비린내 대신 전자불꽃 화약 냄새가 나는 것은 아닐까?

왜냐하면 가상현실을 응용한 전화기videophone가 이미 현실화

되고 사이버스페이스cyberspace라는 가상현실 속에서 얼굴을 마주하고 현실과 다름없는 포옹과 밀어까지 속삭이는 이런 상황에서는 가상현실이 이제는 더 이상 일부의 전유물이 아니고 우리 모두 일상에서 접해야 할 현실로 다가오지 않는다는 법도 없지 않기 때문이다.

이상의 전자인간을 법정에 내세운 작가의 주장에 조용했던 방청석이 갑자기 술렁대며 저마다 한마디씩 반응하는 바람에 소란스러워지고 이런 분위기를 진정시키기라도 하려는 듯 재판장이 의사봉을 '땅! 땅!' 두 번이나 의사결정과 관계없이 힘주어 치면서 하는 말은 "세상에 그런 일이 어디 있겠습니까? 지나친 기우일 뿐이라고요!"

"거참 기가 차다 현재 목전에서 실제로 일어나고 있는 일을 기우일 뿐이라니!"

오늘의 법정
–광고방법

새벽녘 조간이 문밖에 배달되는 소리를 듣고 나가 집어 들자마자 맨 먼저 신문 사이에 끼어 예외 없이 읽어야 할 기사를 차단해 거슬리는 광고 전단지들– 핑계 없는 무덤 없다는 속담처럼 필시 이 각자에게도 그것만의 불가피한 존재 이유가 있을 터이다

하지만 이런 광고나 공익 광고 외에도 인터넷 쇼핑몰의 몸짓과 표정까지 한몫하는 동영상 광고를 비롯해 유명 인터넷 회사의 순간적 끼워 넣기 광고는 물론 나 홀로 주거 공간 오피스텔을 주로 겨냥한 음식점 배달 전단지 광고, 일수놀이 명함 광고 또는 환락가가 밀집한 도심 폰이라 불리는 불법 전화를 이용한 성매매 행위를 부추기는 스팸 메일까지……

그 종류나 수법도 아주 다양해 과연 이 시대를 가리켜 광

고 전성시대라 이를 만하지 않은가

그러나 내 스스로 그들 광고주체 입장으로 돌아가 이 모두가 과연 의도한 만큼 효율성이 있을 것인가에 대하여 자문해 본다 단지 상도의적 당위성 여부를 떠나 경제가치가 모든 가치에 우선시 되는 이 시대 그런 수고롭거나 무절제하며 때로 음성적이기까지 한 광고행위는 단순한 '돈 벌기'라는 차원을 떠나 어떠한 의미를 지니는가

더욱이 금년 경제 분야의 노벨상의 영예는 넛지nudge(팔꿈치로 슬적 찌르는 행위와 같은 타인의 선택을 유도하는 부드러운 행동)를 핵심으로 한 논문 "인간의 심리가 경제적 선택에 미치는 영향"에 돌아갔다 하잖는가

또 실제로 유명 일간지에서도 매년 디자인과 카피의 개

념까지 접목시킨 다중의 선택적 안목을 위한다는 명분아래 광고 대상과 같은 행사를 시행하고 있는 것이 현실 아닌가

그렇지만 아이러니하게도 이런저런 광고주들의 광고 전략에 말려들어 이 문제를 오늘의 법정에 제소한 장본인인 원고 나 자신조차도 광고주의 메시지를 본질적 사실로 착각하고 때로 불량 메시지 광고에 현혹돼 원치 않은 피해를 경험한 당사자가 아닌가

오늘 나는 사실 어떤 법적 판결의 귀결을 바라기보다는 이런 본인의 논고를 경청해 주신 여기 모이신 배심원(독자) 여러분들의 고견을 듣고 싶은 게 솔직한 심정이다 그리고 앞에서도 잠시 변화한 여러 경제 상황에 대해서 언급한 바 있지만 그 근본 원인은 옛날처럼 공동체 사회의 소통을 전제로 이뤄지던 실물경제 환경이 전자사회의 접속 위주로

바뀐 문명사회의 일방적 발달에 기인한 것이 아닌가 생각하고 있다.

오늘의 법정
—살충제 계란

이런 비슷한 사건의 발생이 처음이 아니건만 미리 관리 못하고 관계기관이 사후약방문식의 현황 점검에 나서서 지침을 뒤늦게 내놓은 대비 자세와, 이 불신의 시대에 생산자 지정 번호만 믿고 안심하고 사서 식용한 소비자와, 또 자신들이 양계장에서 생산 출하하는 계란을 번연히 소비자들이 구입해서 생명 현상 유지를 위해 쓸 먹거리 식재임을 알면서도 자신이 기르는 가축의 기생충 제거와 보호를 위해 눈 감고 인간 생명에 유해한 피프로닐FIPRONIL 살충제를 사용하는 일을 감행할 수밖에 없었던 최초의 근원적 시발점이 독자(방청객) 여러분은 어디에 있다고 보십니까?

그 해답은 경제 가치가 모든 가치를 지배하고 있기 때문이지요 그런데 이 법정에서 이 문제를 다루기에는 사실상 독점 자본주의의 비생명 비본질 영역에까지 그 범주를 확대해야 하므로 불가능하여 잠정 휴정하는 데 동의하는 대신 어느 쪽의 유죄 무죄의 경중을 가르기보다는 “생명은 생명을 낳고 쓰레기는 쓰레기를 낳는다”는 어떤 분의 잠언과 함께 교훈 삼아 두엄자리를 파헤쳐 굼벵이를 먹고 여유로운 삶의 공간에 살며 낳은 토종 계란과 최음제 주사를 맞고 비좁은 공간에 갇혀 밤낮 구별 없이 백열등 아래서 오직 인공 사료만 의존하여 기계적으로 계란만을 양산하는 양계의 생태학적 상황을 상상하고 그 계란들의 각기 다를 인체에 미칠 영향 관계에 대해서도 한번 생각해 보시길 부탁드리겠습니다.

아름다운 우울

서기 1968년 바츨라츠 광장에서 시작된
체코의 자유와 민주화의 물결
알고 보니 우연이 아니었네.

당시 소련군의 발포에 맞서 항거하던
팔라치와 자비츠라는 청년의 죽음
그 후 20년이 지나 비로소 열린 자유의 땅
지금도 그 옛날 들릴 듯 들릴 듯한 궐기하는
민중들의 그 함성 속
거리엔 어스름이 내려도
여전히 뒤척이며 다뉴브는 잠들지 않고
영화 《gloomy sunday》의 구슬픈 주제곡이
야경을 보려 유람선 선상을 서성이는
많은 관광객들의 우울한 가슴을 파고드네.

그 영화의 주인공들은 지금 어디 있을까
갑자기 거의 같은 시기 소련군 침공 때
헝가리를 모티브로 한 김춘수 시인의
〈부다페스트의 소녀의 죽음〉이란 시의
한 구절이 떠오르네.

"다뉴브강에 살얼음이 지는 동구의 첫겨울
가로수 잎이 하나둘 떨어져 뒹구는 황혼 무렵
느닷없이 날아든 수 발의 소련제 탄환은
땅바닥에 쥐새끼보다도 초라한 모양으로 너를
쓰러뜨렸다"

아름답지만 슬픈 역사를 지닌
신성 로마 제국의 수도
소설 《변신》으로 유명한 카프카도

한때 군중들 사이를 숨죽여 걸었을
이 프라하성의 거리를
이방인인 나도 지금 그들과 같은 마음이 되어
고개 떨군 채 하염없이 걷고 있네.

| 해설 |

끊임없는 학구열과 창작열로 드러낸 노년의 살맛과 깊이

이경철(문학평론가)

"노을을 등지고/풀섶에 앉아 보다//이젠/어쩔 수 없이/사랑한다는/따뜻한 말을/네게 줘야겠다//의연한 결심인가/오늘따라/눈시울에 어리는/네 눈물이 마냥 고웁다."

—〈평원平原에서〉 전문

1. 학구열과 서정적 형상력이 돋보이는 시편들

류근조 시인의 이번 12번째 신작 시집 《황혼의 민낯》 원고를 쭉 읽으며 살아갈 맛과 힘이 새롭게 샘솟음을 온몸과 마음으로 느꼈다. 한 살 또 한 살 더해가는 나이가 매정스런 연령대에 삶의 활력소를 불어넣어 주는 시편들. 희수喜壽에 시력詩歷 반세기를 넘는 류 시인의 이번 시집을 우리 시대 중·노년층의 깊고도 즐거운 민낯으로 보고 감상했다.

그 민낯에는 삶의 애환이 그대로 묻어난다. 아니 고통의 주름살마저도 눈물 끝의 웃음, 파안대소破顔大笑화 해버리려는 불끈한 의지의 힘줄로 드러난다. 동서양 고전적 교양 섭력은 물론 현대 최첨단 문명과 과학에 대한 학구열과 시 특유의 서정적 형상력으로 오묘한 삶의 의미를 즐겁게 보여주고 있다. 삶의 쓴맛은 물론 그 너머 죽음까지도 편안히 껴안고 있는 시집이 《황혼의 민낯》이다.

이번 시집의 그런 시세계를 짧게 잘 보여 주고 있는 것 같아 제목 바로 아래 올린 시 〈평원平原에서〉를 보시라. 첫 연에서 시인은 평원에 앉아 있다. 뒤로는 서녘 노을이 붉게 타오르고 앞으로는 동녘 가야 할 길 끝에 지평선 너머도 보일 듯하다.

노을로 타오르는 지나온 삶과 앞으로 살아갈 삶이 저만큼 지평선으로 보이는 평원의 풀섶은 우리네 실존적 삶의 장場이면서 과거와 미래, 너와 내가 지금 이 순간에 순하게 겹쳐지는 서정적 시공時空이 된다. 그런 시간과 공간에서 시인은 둘째 연에서 "사랑한다는 말을 네게 줘야겠다"고 한다.

바쁘게 살아오면서, 사회적 지위 등의 이유로 하지 못했고 참아왔던 사랑한다는 그 따뜻한 말 한마디를 '어쩔 수 없이' 하겠단 것이다. 살아오며 익히고 축적된 체험이, 그만큼에 따라 또 가야 할 미래가 지금은 그렇게 하라는 것이다.

그렇담 사랑한다는 말을 주는 대상, '너'는 누구일 것인가. 설

렘에 말 못 한 첫사랑일 수 있고 근엄함 때문에 말 못한 아내 등 가족과 주위 사람들일 수 있고 꽃과 새와 풀섶 등 아름답고 사랑스럽지만 겉으론 냉랭할 수밖에 없었던 모든 것일 수 있다. 그런 나 아닌 모든 타자他者일 뿐 아니라 나를 들여다보고 반성하는 나 자신일 수도 있다.

그래서인가. 마지막 연에서 시인은 "눈시울에 어리는/네 눈물이 마냥 고웁다."라고 시를 맺고 있다. 그 고운 눈물을 글썽이는 것은 시인 자신일 테고 시인이 살아온 삶과 그 삶 가운데 사랑했던 모든 것의 총화일 것이다.

그런 눈물은 아무에게나 함부로 어리는 것이 아니다. 과거의 체험과 미래의 예감이 지금 이 순간 의연히 겹치면서 어리는 것이다. 그래 그 눈물은 과거 현재 미래가 지금 이 순간에 함께한다는 '순간의 시학'과 너와 나는 하나로 같다는 '동일성의 시학'인 서정시학의 결정체가 되는 것이다.

류 시인은 1966년 《문학춘추》 신인상에 당선돼 시단에 나와 지금까지 12권의 신작 시집을 펴낸 중진 시인이다. 반세기 넘는 시 창작뿐 아니라 중앙대 교수로 정년퇴직할 때까지 40여 년 동안 시창작과 시인론 등을 천착하며 가르쳐온 시론가이기도 하다. 퇴임 후에 지금까지 10여 년간 좀 더 여유롭게 시창작과 학문에 몰두하며 우주적 공동체로서의 더 나은 삶을 모색해오고 있는 시인이다.

"그간 한평생 시를 쓰면서 미흡하게나마 우주의 원리와 자연의 섭리를 전제로 학문과 문학과 인생의 관계망 속에서 부심하며 주력해 온 내가 아니었나. 이른바 나만의 글쓰기를 위해 자료마다 다닥다닥 포스트잇 붙여 가며 나만의 축적된 경험 속에서 그 길을 찾아서 계속 다음 여행자에게 최소한 내 행적 어딘가에도 다시 그 포스트잇을 붙이게 하려고."

서문에 이렇게 밝히고 있듯 이번 시집 《황혼의 민낯》에는 서권기書卷氣가 배어 있다. '배우고 익히니 즐겁지 아니 한가'란 공자의 말이 절로 우러날 정도로 탐구욕이 왕성한 시집이다.

2. 진솔하게 담아낸 노년의 현실과 경륜의 깊이

> "사람들아! 혹시 궁금해 참기 어렵더라도 젊은 날 철없이 만났다 헤어진 첫사랑 그 사람이 그립다고 함부로 만나지 말아라! 함부로 만나 지금껏 추억의 힘으로 삶을 지탱해 준 그 소중한 인연을 잃지는 말아라! 그래서 살아가는 힘을 몽땅 잃는 일은 결코 없도록 하라!"
>
> —〈뒷모습—살아가는 힘〉 부분

아파트 테니스장에서 아침 운동 하는 젊은 여성의 뒷모습에서 착상한 시 〈뒷모습—살아가는 힘〉 한 대목이다. 팔십 다 된 나이에도 그런 여인의 모습에 혹하고 거기서 또 시의 소재를 얻는 시인의 민낯과 경륜이 그대로 묻어나고 있는 시다.

살다 보면 끝까지 파고 들어가지 말아야 좋았을 일들도 많다. 시말始末을 알면 재미도 깊이도 사라져 버리는 그런 일들 중 대표적인 게 첫사랑 아닐 것인가. 그런 인생의 순리를 경륜으로, 또 지금 현실로 시인은 우리들에게 들려주고 있다.

> "겨우 10여 평 남짓 남향의 집필실 한 칸/강남 교보 북숍 가까운 뒷골목에 마련해 놓고/어쩌다 먼 산 바래기 하며 공치는/그런 경우를 제외하고는 하루도 몇 번씩/다람쥐처럼 들락거리며 읽을거리 생의 먹을거리 찾아/그야말로 다람쥐 쳇바퀴 도는 생활/이어 오기 은퇴 후 어언 10년이라니/허 참!//(중략)//이 21세기 미증유 혹독한 빙하기에/지구상에 실존한 호모 사피엔스에서/그간 서서히 인간 다람쥐로 변신 중인/나는요."
>
> –〈인간 다람쥐〉 부분

위 시처럼 멀지 않은 집에서 강남 한복판 오피스텔로 시인은 매일 출퇴근하고 있다. 가까운 책방에 들러 신간 서적들도 사 읽으며 집필에 몰두하고 있다. 그러나 나이가 나이인지라 자꾸 감퇴되어 가는 기억력을 자신의 방법만으로 막아가고 있다고 실토하고 있는 시다.

생각하는 인류, 호모 사피엔스 시대는 한참 전에 지나갔다.

지금은 핸드폰 등 모바일을 통해 그때 즉시 정보를 얻어 그 날 정보로 살아가는 호모 모빌리스 시대다. 이런 시대에 체험으로 얻은 정보를 생각으로 가다듬어 살아가는 호모 사피엔스 세대와 인간은 무엇이고 문명의 발전은 무엇인가를 묻고 있는 시이기도 하다.

> "구름 한 점 없고 잔풍한/어느 가을 해질녘/모처럼 아내와 함께한 산행 후 하산길/우연히 산사 경내에 들다/문득 눈에 띈 빨간 칸나 한 무더기 옆/먼저 시들어 고개 숙인 코스모스 몇 송이/행여 놓칠세라/마른 꽃대 위 꽃술 손으로 비벼/정성스레 꽃씨를 받다//아직도 귓가에 아련한/궂은 지난 한철 천둥 번개 다 견디고/파란 하늘 아래 손사래 치며 하늘거리던/그 자태 어디 가고/마음의 문마저 안으로 걸어 잠근 채/멍멍해진 구중궁궐 안으로 잠적한 이여//어찌해야 다시 소식 들으려는가/내 실낱 같은 희망 안으로 여며/행여 놓칠세라/정성스레 꽃씨를 받다."
>
> —〈꽃씨를 받다〉 전문

노년의 정서가 곱게 스민 참 아련한 시다. 가을 해질녘 남은 바람 가늘게 부는 가운데 노년의 부부가 본 시들어 가는 코스모스. 그 코스모스에서 시인은 자신과 아내와 남은 생을 보고 있다.

시인은 시들어 가는 코스모스 씨앗을 정성스레 받고 있다. 아내와의 이러저러한 삶과 사랑의 씨앗을 받듯, 아니 앞으로 가야 할 삶을 모시듯. 그런 노년의 모습이 아련하고도 경건하게 다가오는 시다.

> "하지만, 나 이제 잠결에 흐트러진 네 머리칼 한 가닥까지 고이 쓰다듬어 미련 없이 파아란 달빛 강물에 흘려보내노라 다시는 마주하지 말자 너로 인해 생긴 내 마음의 상처, 번뇌의 이삭 하나까지 모두 한곳 모닥불에 얹어 태워서 바람에 날려 보내노라//(중략)//그리하여 내 더할 수 없이 가벼운 마음 되어 적료의 달빛 아래 홀로 가사 자락 나부끼며 물길 따라 흘러 흘러가나니 이승과 꿈길 사이 내가 맨 처음 너를 만났던 그 순수의 풀밭으로 모든 번뇌의 무거운 짐 벗어버리고 한 마리 나비처럼 표표히 나부끼며 가나니//마침내 나는 네 안의 깊은 곳에 스며들어 숨고 너는 내 안에 누구도 모르게 꼭꼭 숨어들어 자웅 양성 한 몸에 사는 일심동체 되었는가 시방 대명천지에 자비로이 비는 내리고 산에는 꽃들 여기저기 무시로 난만히 피어나니 이에 뒤질세라 새들의 울음소리 또한 골짜기가 가득 은혜로워서……."
>
> —〈이별의 노래〉 부분

사랑하는 이와의 이별이 아니라 사랑과 증오, 환희와 번민, 삶과 죽음의 2분법과 이별하고 있는 시다. 풀밭에 앉아 지평선 그 너머까지 지워버리고 있는 시, 생사가 여일하다는 해탈에 든 시로 읽힌다.

특히 마지막 연 온갖 꽃 피고 새 우는 대목을 보시라. 불교에서 말하는 모든 것이 제각각의 개성적 삶을 살면서도 무등하게 어우러지는 화엄 세상을 자연스레 연출하고 있지 않은가. 저 너머의 세계, 저승이 아니라 우리네 현실, 이승의 세계에서.

시인은 이런 화엄 세계에 그저 이른 것이 아니라 이러저러한 삶에서 우러난 번뇌를 통해 이르고 있다. 경륜을 통해 번뇌를 환희로 바꾸는 방법을 우리에게 알려주고 있다.

선각자나 고승들은 '분별을 넘어서라, 내려놓아라'고 하지만 어디 그게 쉬운 일인가. 그러나 시인의 생 체험과 연륜에서 우러난 이 시는 우리에게 그것을 감동으로 가르쳐주고 있다.

이처럼 이번 시집 《황혼의 민낯》에는 중년, 노년의 현실적 삶과 정서와 경륜이 고스란히 담겨있다. 우리네 인생과 그가 없는 폭과 깊이를 감동적으로 생생하게 전하고 있다.

3. 삶의 경륜과 끊임없는 시작詩作이 맺은 서정적 절창

"남한강과 북한강이 합수되는/두물머리 팔당 상수원/다

람쥐 강마을에서 목격한/한국의 늦가을은/눈부시게 아름다웠다//그 쇄락灑落함이/정수리를 타고 내려와/전신으로 스며들어/출렁이던 물결도/출렁이던 세월도/마침내 까-만 한 점의/소실점消失点으로/수렴되어 굳어지는 순간"

—〈가을 문서文書〉 전문

두 연으로 이뤄진 이 시 참 온몸을 감동의 전율에 떨게 한다. 서정적 절창이며, 서정시의 전범이 될 만한 시다. 너와 내가 순하게 한 몸으로 어우러지는 순간 낯익으면서도 전혀 새로운 세계가 열리고 있으니.

집에서 강남 한복판 집필실을 오가는 쳇바퀴 도는 다람쥐 같은 삶에서 벗어나 시인은 남한강과 북한강이 만나 한데 어우러지는 두물머리로 간다. 거기서 눈부시게 아름다운 늦가을을 본다. 두물머리 느티나무 단풍과 강물에 쏟아지는 늦가을 텅 비어 더 해맑은 햇살은 얼마나 아름답고 눈부실 것인가. 거기까지의 1연에서는 누구든 느낄 수 있는 늦가을 풍정風情이다.

그러다 2연에 와서 시인은 그 풍정과 온전히 한 몸이 된다. 남한강과 북한강이 한 몸이 된 팔당 상수원같이 그곳에서 시인도 그 강물과 햇빛과 세월과 한 몸으로 어우러지고 있다. 그리고 그런 풍정마저 소실점으로 잊어가고 있다. 너와 나, 사물과 나의 구분을 너머 둘 다 잊어버리는 물아양망物我兩忘의 법열法悅

의 지경에 이른다. 시론으로 말하자면 정경교융情景交融의 서정시 최고 경지를 보여주고 있는 것이다.

> "입춘절 전후 불시에/귀한 손님 한 분!/서귀포의 햇빛과 바람 속에/남국적 풍광 바다 내음까지/통째로 싣고와,//소슬 쇄락한 느낌과 직핍直逼한/이 순간 이 자체를 오랜만에/내 디오니소스적 감수성이/모처럼 찾아낸 삶의 단순한/건강함이라고 해야 하나?//아니면 그 안에 영원으로/자리하고픈 풋풋한/염원이라고나 해야 하나?"
>
> -〈소식-한라봉〉 전문

제주 서귀포산 과일 한라봉을 받고 쓴 시 같다. 한라봉은 햇빛과 바람 등 삼라만상이 협력해 키운 과실이다. 해서 그런 과실과 하나가 되는 것은 삼라만상과 일체가 된다는 것이다. 해서 이 시는 그런 서정화 과정을 들여다볼 수 있게 하고 있다.

시인은 한라봉을 받고 먼저 생각 없는 감각, "소슬 쇄락한 느낌"으로 일체가 된다. 우리네 원초적 삶 또한 그런 디오니소스적 감수성으로 만물과 어우러졌다. 그래 시인은 그것을 "삶의 단순한 건강함"으로 표현했을 것이다. 그러나 아폴론적인 이성이 들어오며 이러저러한 생각으로 우린 그 단순한 건강함을 잃고 있지 않은가.

마지막 연에서 시인은 한라봉과 감성적으로 만나는 순간, 그

것을 영원으로 자리하고프다 하고 있다. 아무런 생각 없는 마음, 마음 자체마저 잊어버리는 게 영원이요 해탈 아닐 것인가. 그런 서정, 해탈 과정이 이 시에는 단순, 솔직하게 드러나 있다.

> "이제 고립감 속 나는 언어로 지은 집에서밖에 살 수 없나 봐//어쩌다 행동으로 길을 잘못 열면 갈 곳 몰라 헤매기 다반사니 이제 나는 당겨진 화살처럼 생애의 한가운데 과녁을 향하여 전신으로 날아갈 수밖에 없나 봐//(중략)//고생을 자청해 꿀벌과 같이 모은 생의 의미와 감미를 언어의 음률에 실어 슬프지만 내 생애의 깊은 인식과 그로 말미암은 환희의 절정에 겨우 다가갈 수 있을지 모르므로—."
>
> –〈깊고 깊은 슬픔에 대하여〉 부분

자신의 시 쓰기를 소재와 주제로 삼은 시다. 그러면서도 노경老境의 쓸쓸함과 함께 경륜이 묻어나는 시다. 그와 함께 앞으로 나아갈 길에 대한 의미와 의지도 드러내고 있다.

평생의 업으로 삼은 시 쓰기, 그래 가장 잘할 수 있는 시로서 삶의 본질, 과녁을 꿰뚫겠다고 하고 있으니. 깊고 깊은 슬픔이 왜 환희의 절정에 이를 수 있는가를 시로써 보여주겠다는 것이다.

> "아주 이른 내 나이 50대 초반이었던가/나는 일찍이 〈마음 고쳐먹기〉라는 시를/쓴 적이 있네//좋은 쪽으로 마음을 고쳐먹어야 하는데/그 일이 어려워 안절부절못한다는 그런/내용의 시였지//그 일이 그렇게 어려웠던가 하지만 지금/70대 중반에 들어 생각해 보니/그보다 더 힘든 일이 '마음 여행'이 아닌가 하는/생각을 하게 되네"
>
> —〈마음 여행〉 부분

'마음을 먹어라', '마음을 고쳐먹어라'고들 하지만 어디 그게 쉬운 일인가. 일체유심조一切唯心造라, 삼라만상 다 마음이 꾸몄다는 것이 불교의 핵심. 모든 것을 다 낳은 마음을 어찌 그리 먹기 쉽겠는가를 말하는 시다.

아, 그러나 50대 초반 한창때는 그리 힘들었던 마음잡기가 이제 좀 나아졌다는 것이다. 마음을 먹지도, 고치지도 말고 그냥 마음과 함께 여행하라는 것이다. 마음 짓는 대로 울고불고 웃고 하라는 것이다. 이게 곧 공자가 말한 '종심從心', 마음 따라가도 순리에 어긋남이 없다는 70대를 이르는 말 아니겠는가.

이렇게 마음 따라, 마음 가는 대로 쓴 시편들이 이번 시집 《황혼의 민낯》이다. 그래서 시편들이 단순, 솔직하다. 이런 단순, 솔직한 마음으로 얽히고설킨 심사를 단숨에 환희의 절정에 올려놓는 서정적 절창도 낳고 있다.

3. 삼라만상과 한 몸으로 어우러지는 천진난만한 향수

> "요즈음/70고개 중턱을 넘어서면서/꿈속에서 자주 고향 가는/길을 잃고 헤매는 때가 많다//심호흡 되찾아 그래도 아직은/이승에 살아 있음을 몸으로/실감할 때가 많다//벌써 고향 선산 선친 묘역에/자신의 유택幽宅까지 마련해/미리서 생사의 거리를 측량하고/재단裁斷까지 마친 친구여"
>
> ―〈생명 기상도氣象圖〉 부분

나이 들면서 향수에 더 빨려드는 게 순리다. 고향은 태어나 자란 공간일 뿐 아니라 천진난만한 유년 시절을 말한다. 고향은 울긋불긋 꽃대궐에서 만물과 한 치의 거리도 없이 어우러지던 유토피아다. 해서 고향은 누구에게나 개인적 신화가 탄생되는 시공時空이기도 하다.

어머니 치맛자락 놓고 떠나와 현실로 들어와 살면서도 누구든 나이 들면 그런 개인적 신화의 시공을 그리워하게 된다. 아니 단순, 솔직해 천진난만한 어린이로 돌아가게 된다. 그래 윌리엄 워즈워드는 〈무지개〉라는 시에서 "어린이는 어른의 아버지"라 하지 않았던가. 위 시에서도 그렇게 고향으로, 어린이로 돌아가고 있다.

"시냇가 돌 틈 사이에 숨어 있던/부지런한 어둠이 흐르는 물소리에 깨어/기지개를 켜는 여명의 시간//도랑을 성큼성큼 건너며 막힌 물꼬 트며/삽질하기에 바쁜 흰 두건 쓴/박꽃처럼 순박했던 베잠방이 차림의,/우리 집 사랑채 식객으로 머물며/일손을 돕던 주서방 머슴 아저씨//이제는 어디에서도/찾아볼 수 없어"

–〈기억 속 풍경–내 유년의 삶터〉 부분

어디에서도 찾아볼 수 없지만 마음속에 실감으로 실재하는 곳이 고향이다. 위 시 인용 부분 첫 연에서처럼 고향은 어둠 속에서 여명이 트는 천지 창조적 시공이요 개인적 신화이기에. 공간으로서의, 지명으로서의 고향은 실재한다 할지라도 가보면 아니다. 고향은 마음속에만 실재하는 우리네 원초적 시공인 것이다. 해서 위 시의 각주에서 시인도 고향을 '신명나게 공동체 삶이 돌아가던 기억 속 건강하고 생생한 삶'이라 밝혀놓고 있지 않은가.

"지금 이 순간/그 옛날 공해 없던 내 유년의 고향 땅/교교皎皎한 달빛 아래/찬 이슬 맞으며 초가지붕 위를 타고 넘던/하이얗게 피어나던 순박한 박꽃 같은/그간 오래전부터 네 환한 그런 미소를 보면서/네게서 우러나는 이 깊은 나의 동경과 그리움/그 아름답고 향기로운 체취를 느끼지 못한다면/온통 세상은 흑요석黑曜石처럼/빛나도 아무 소용 없는 암흑일 뿐/내 살아 있어도 굳이 살아 있다고 할 수는 없으리"

—〈너〉 부분

시인에게 고향은 하얀 박꽃 이미지로 마음속에 실존하고 있다. 공해 없고 순박한 시공으로. 여기서 공해란 해로운 물질뿐 아니라 마음에 해가 되는 정신적인 것이기도 하다.

초가지붕 위에 피는 그런 무공해 박꽃 같은 고향 이미지로 시인은 지금 이 순간도 살아가고 있다. 순박한 것들, 아름다운 것들, 그리운 것들 등 진선미眞善美 총화의 가치로서 그런 고향을 마음속에 간직하지 않았다면 살아 있어도 살아 있음이 아니라는 것이다.

"쑥국 쑥국 먼 산에/쑥국새 울고/풀죽에 허기진 유년은/먼발치 언덕배기에/무더기로 돋아난/어매가 뜯어다 솥에 끓인/밥알 떠다니던 멀건 쑥국으로/배를 채우기도 했지//어지럼증 같은 포만감으로/순명의 빈궁을 경험하기도 했지//그래서일까/끓여 찻물로 마시려고/달포 전 재래시장에서 구입해/말려 포대에 넣어 둔/쑥 냄새가 어찌 그리/영약처럼 향기롭고 편안한가."

—〈쑥-춘궁기〉 전문

경제가 어려웠던 1970년대 전까지 춘궁기春窮期가 있었다. 지난가을에 추수한 곡식들은 동이 나고 푸릇푸릇한 보리 이삭은 아직 여물지 않은 봄철은 막 돋아난 풀과 나무껍질로 연명해야 했던 유년의 춘궁기를 떠올리고 있는 시다.

멀건 쑥국에 어지럼증 일고 쑥 냄새만 맡아도 또다시 어지럼증이 날 것 같은 빈궁한 유년 시절이었지만 그 냄새마저도 지금은 향기롭고 편안하다는 것이다. 그런 유년의 냄새, 추억 때문에 시인은 오늘도 향기롭게 살고 있음을 시 〈쑥-춘궁기〉는 보여주고 있다.

그렇다. 위 시처럼 저 먼 고향은 지금 여기 우리들 마음속에 실존하고 있는 것이다. 《황혼의 민낯》에는 그런 고향을 그리는 시편들도 적잖이 눈에 띈다. 과거 추억으로서가 아니라 앞으로 살아갈 삶의 지고지순至高至純한 이미지로서 고향이 시인의 마음속에, 이 시집 속에 자리 잡고 있는 것이다.

4. 역사와 현실을 진단, 처방하는 우국충정憂國衷情의 시심

"꿈에 나는 다른 수험생들과 함께 고사장에 앉아 있었다 드르륵/고사장 문이 열리고 시험관이 들어오자/모두 두 눈 감고 양손을 뒤로 하라는 지시에/숨을 죽인 채였다.//(중략)//임시정부 · 815해방 · 김구 · 박헌영 · 여운형 · 이승만 · 안두희 · 625 · 남로당 · 괴뢰 · 빨치산 · 피난 · 한강다리폭파 · 928수복 · 419의거 (중략) 해금 조치 · 월북문인 · 납북문인 · 일본군위안부 · 독도 · 시랜드 · 세월호 등등의//(중략)//참혹하다 못해/그냥 핏빛으로만 눈앞에 어른거리는/우리 스스로 그린/나와 내 조국과 민족의 슬픈 민낯이다.//어떤 방법으로도 지울 수 없고 부정할 수도 없는/그런 부끄럽지만 함부로 훼손할 수조차 없는/그런 얼룩의 민낯이다."

–〈민낯〉 부분

대학원까지 다 졸업하고 박사 학위까지 받은 나도 가끔 시험 치르는 꿈을 꾼다. 답안지를 놓고 끙끙거리던 것이 트라우마처럼 뇌리에 각인돼 있기 때문일 것이다. 〈민낯〉도 그런 꿈을 소재로 한 시다.

한국사 시험을 치르는 꿈인가. 우리의 근현대사가 위 인용 부분처럼 쭉 나열되고 있으니. 아니 핏빛 낭자한 그런 역사가 류 시인의 표현을 빌자면 "뇌리에 각인된 채 칩으로 심어져" 있다. 그게 "나와 내 조국과 민족의 슬픈 민낯"이란 것이다. 부끄럽지만 함부로 부정할 수도, 훼손할 수도 없는 그런 얼룩진 우리네 역사와 현실의 민낯도 이번 시집은 외면하지 않고 있다.

"고교 시절 같은 문예반 친구였던/시인 정鄭 양洋이 최근/《헛디디며 헛짚으며》란 시집을 냈다//이 시집 속엔 〈이게 나라냐〉란 시와/〈너도 사람이냐〉란 시가 들어 있다//(중략)//유난히 수척해 눈자위가 들어간 그의/외롭고 허전한 뒷모습 그 위에 오버·랩되어/잎 진 가로 위 저음低音으로 깔리는/귀에 익은 그의 육성肉聲//'근조야! 너도 시인이냐?'/'당장 지금 아니라도 국가나 민족이 위기나/비운에 처했을 때 스스로의 목숨을 껴안듯/그 미래를 열고 예언할 수 있는 선구자로서의/시인의 사명을 다할 수 있겠느냐?"

–〈의혹〉 부분

시인 친구 정양을 소재로 한 시다. 정양 시인은 우리 역사와 현실을 개결하면서도 서정적으로 비판하며 성가를 얻고 있는 우리 시대 보기 드문 선비 시인이다. 환청幻聽으로 들은 정양 친구의 육성을 빌어 자신의 시세계를 점검하고 있는 시이다.

그래서인가. 이번 시집에는 현실을 직시하며 우리 사회에 쌓이고 쌓인 적폐積弊, 공해公害를 청산하고자 하는 시편들이 많다. '오늘의 법정'이란 연작시 형태로 고독사 현상, 살충제 파동, 공관병 갑질 등 최근 사회문제로 떠오른 적폐의 원인과 해결책을 담시譚詩 형태로 선보이고 있다.

"상식적으로도 이해가 안 되고 또 사용使用해선 안 되는 욕설과 사용私用해선 안 되는 공익 근무 장병을 멋대로 사용한 금번 공관병에 대한 사례는 내가 논산 훈련소에서 직접 자식과 헤어지던 기억과, 그 후 고된 훈련을 마친 직후 처음 자대 배치 직전 이름 모를 깊은 산속 부대로 면회 가서 자식과 해후하며 대견해서 눈시울이 뜨겁던 그 순간의 정서와는 달라도 너무 다르네요.//아니 너무 오랜 관행의 때에 가려 묻혀 있던 불편한 진실로 자식 사랑은 고사하고 국운 바로 세우기와도 너무 엇박자라서 인간 말종의 슬픈 현장을 직접 보는 것 같아 실로 가슴이 아프네요"

–〈오늘의 법정–공관병 갑질〉 부분

육군대장 가족이 공관병을 전자 팔찌까지 채워 노예처럼 부린 것이 알려져 사회적 물의를 빚은 사건을 다루고 있는 시다. 갑을관계에서 우위에 있는 갑의 을에 대한 부당한 처사, 갑질이 사회적 문제로 떠오르고 있는 가운데 육군대장의 이런 공관병 갑질이야말로 그 결정판이었다.

이러한 사회적 적폐 현상에 대해 시인은 위 시처럼 자신의 체험과 심정을 통해, 혹은 최신 사회학적, 문명론적 지식을 통해 명확한 진단과 처방을 내놓고 있다. 신문 등에 실리는 칼럼과는 달리 이야기로 나가는 산문시, 법정공방 형식을 차용해 극적인 시로, 시 특유의 정서적 효과를 중시해 독자들에게 큰 울림을

주고 있다.

"내 고장 칠월은/청문회가 익어 가는 계절/국민의 눈높이에서 보아도/각료후보들이 많은 의혹들을/줄줄이 매달고 나와 앉아/야당의 호된 지적에도/시간을 방패로 어지간히/잘 견디고 있다//하지만 오래전 공직에서 물러난/나 같은 은퇴자에게도 비공개로/상시 열리는 청문회가 있다/업보라 할까 지금까지 살아온/삶에 대한 준엄한 청문회……//아니, 일찍이 저 각료후보들 나이에/나도 통과 의례식 청문회에/나가 본 경험이 있다/각료가 되기 위해 거치는/청문회만 청문회가 아니다//지금은 머지않아 다가올 이승과의/결별을 앞두고 누가 시키지 않아도/멈추려야 멈출 수 없는,/스스로 살아온 숙연한 자세로/삶의 청문회장에 나와,/가끔은 즐거웠던 추억도 떠올리며/자신을 돌아보는 청문회를 하고 있지만……"

—〈청문회 계절〉 전문

우리에게 잘 알려진 이육사 시인의 시 〈청포도〉 패러디로 시작되고 있는 시다. 문재인 정부 들어서자 열린 각료후보 청문회의 '청'자가 청포도 '청'자와 같고 무엇보다 후보들의 의혹들이 청포도처럼 줄줄이, 주저리주저리 열렸기 때문일 것이다.

나랏일 하겠다는 사람들의 됨됨이를 따져보며 나라를 걱정하는 것도 있겠거니와 이 시의 요체는 시인 자신을 그런 청문회, 오늘의 법정에 서게 하는 데 있다. 자신을 스스로 혹독하게 검증하는 데서 이 시의 감동은 우러나고 있다.

시 본문에도 나오듯 우리도 알게 모르게 우리 자신을 청문회에 세우고 있다. 새벽 맑은 정신에 자신을 둘러보는 마음, 그것도 삶에 대한 청문회 아니겠는가.

그러나 마지막 연에서 "머지않아 다가올 이승과의 결별을 앞두고" 스스로 청문회를 열고 있는 시인이 우리를 숙연케 한다. 어제의 일은 잘 떠오르지 않지만 지나온 먼 삶에 대한 회한은 날이 갈수록 더 아프게 떠오르는 게 노경 아닐 것인가.

그런 인생 황혼녘의 민낯을 그대로 보여주면서도 씁쓸해하지 않고 그것을 패러디로 잘 희화화戱畫化하고 있지 않은가. 그래서 한없는 여생을 살기 위해 오늘도 자신에 대한 청문회를 준엄하게 열고 있는 시인을 위 시는 감동적으로 보여주고 있지 않은가.

그렇다. 이번 시집 《황혼의 민낯》은 시인 자신에 대한 준엄한 청문회의 진솔한 보고서로 읽힐 수 있다. 지나온 삶의 애환에서 의미를 찾고 그 의미를 여생을 살아가는 지표로 삼으려 한 시집이다. 노경의 현실적 삶과 내면의 깊이를 솔직 담백하게 보여주면서도 마침내는 생사의 굴레를 벗어나 해탈의 지경에까지 이르고 있는 시집이다.

서권기 가득한 탐구열과 끊임없는 시작詩作에 의한 서정적 형상력이 시집을 깊이 있으면서도 젊게 만들고 있다. 후학과 후배 시인들에게 또다시 생생하게 살맛나게 하고 살아갈 힘 불어넣는 이처럼 좋은 시 많이많이 쓰셔 오래도록 계속 보여 주시길 빈다.

황혼의 민낯

ⓒ 류근조, 2018

초판 1쇄 인쇄 2018년 4월 30일
초판 1쇄 발행 2018년 5월 15일

지은이 | 류근조
발행인 | 강봉자·김은경

펴낸곳 | (주)문학수첩
주 소 | 경기도 파주시 회동길 192(문발동 513-10) 출판문화단지
전 화 | 031-955-4445(대표번호), 4500(편집부)
팩 스 | 031-955-4455
등 록 | 1991년 11월 27일 제16-482호

홈페이지 | www.moonhak.co.kr
블로그 | blog.naver.com/moonhak91
이메일 | moonhak@moonhak.co.kr

ISBN 978-89-8392-697-5 (03810)

「이 도서의 국립중앙도서관 출판예정도서목록(CIP)은 서지정보유통지원시스템 홈페이지(http://seoji.nl.go.kr)와 국가자료공동목록시스템(http://www.nl.go.kr/kolisnet)에서 이용하실 수 있습니다.(CIP제어번호: CIP2018010683)」

* 파본은 구매처에서 바꾸어 드립니다.

문학수첩
시인선

001 그리고 그 以後 박남수
002 수학 노트에 쓴 사랑 김홍렬
003 내일로 가는 밤길에서 조병화
004 지상의 한 사나흘 강계순
005 몇날째 우리 세상 이유경
006 짧은 만남 오랜 이별 김대규
007 오늘 잠시 내 곁에 머무는 행복 이동진
008 홀로서기 1 서정윤
009 홀로서기 2 서정윤
010 홀로서기 3 서정윤
011 홀로서기 4 서정윤
012 홀로서기 5 서정윤
013 떠남 유자효
014 앉은뱅이꽃의 노래 이정우
015 버리기와 버림받기 임신행
016 열반의 별빛 석용산
017 내 마음속에 사랑의 집 한 채 주장환
018 서쪽에 뜨는 달 최송량
019 당신의 이름 이성희
020 노을 속에 당신을 묻고 강민숙
021 그대 바다에 섬으로 떠서 강민숙
022 꽃씨 최계략
023 꼬까신 최계락
024 1달러의 행복 이동진
025 검은 풍선 속에 도시가 들어 있다 안경원
026 실밥을 뜯으며 박해림
027 가끔 절망하면 황홀하다 서정윤
028 내 생애의 바닷가에서 이정우
029 사랑, 내 그리운 최후 양승준
030 오늘은 무요일 민웅식
031 지금은 알 것 같습니다 이수오
032 우리는 정말 너무 모른다 이중호
033 결혼, 맛있겠다 최명란
034 잠적, 그 뒤를 밟으면 박정원
035 등신불 시편 김종철
036 못에 관한 명상 김종철